DODO L'ENFANT DO

Île-de-France

Dodo l'enfant do
L'enfant dormira bien vite
Dodo l'enfant do
L'enfant dormira bientôt

Et s'il ne dort pas
Nous lui couperons l'oreille
Dodo l'enfant do
L'enfant dormira bientôt

Et s'il ne dort pas
Nous lui couperons le nez…

Et s'il ne dort pas
Nous lui couperons la langue…

Et s'il ne dort pas
Nous lui couperons la tête…

Cette berceuse est l'une des plus ancienne et des plus répandues dans toute la France. Sa mélodie a très peu évoluée depuis le XVIIe siècle.
On trouve en Wallonie une version un peu plus longue dont le ton menaçant semble bien étonnant pour notre imaginaire actuel.

1 2 3...

DANS TON P'TIT BERCEAU

Dauphiné

Dodo, dans ton p'tit berceau
Fais dodeline
Dans ton p'tit berceau
Fais dod'linette
Dodo, mon petit Pierrot
Fais dodo
Dans ton p'tit berceau

Dodo, le petit Jésus
Fais dodeline
Le petit Jésus
Fais dod'linette
Dodo, mon petit Pierrot
Fais dodo
Le petit Jésus

Dodo, il n'a pas d'maison
Fais dodeline...

Dodo, il n'a pas de lit
Fais dodeline...

Dodo, il n'a pas de draps
Fais dodeline...

Dodo, il n'a pas de feu
Fais dodeline...

Dodo, il s'en va-t-au ciel
Fais dodeline...

Dodo, il s'endormira
Fais dodeline...

DODELINE...

TOUTOUIG

Bretagne

Toutouig est l'équivalent breton de « dodo ».

Toutouig, lala, va mabig
Toutouig lala
Da vamm a zo aman, koantig
Ouz da luskellad, mignonig
Toutouig, lala, va mabig
Toutouig lala

Toutouig, lala, va mabig
Toutouig lala
Da vamm a zo aman, oanig
Dite, o kana he sonig
Toutouig…

Toutouig…
En deiz all e ouele, kalzig
Hag hirio e c'hoarz, da vammig
Toutouig…

Toutouig…
Toutouig, lala, ta paourig
Poent eo serra da lagadig
Toutouig…

Fais dodo mon petit enfant
Fais dodo
Ta maman est là, mon petit écureuil
Près de ton berceau, mon petit écureuil
Fais dodo mon petit enfant
Fais dodo

Fais dodo…
Ta maman est là, mon petit agneau
Pour toi elle chante sa petite chanson
Fais dodo…

Fais dodo…
Jadis elle a pleuré souvent
Mais aujourd'hui elle rit, ta petite maman
Fais dodo…

Fais dodo...
Fais dodo mon pauvre petit
Il est temps de fermer tes petits yeux
Fais dodo...

O CIUCIARELLA

Corse

O Ciurciarella !
N'un saï quantu t'adoru
Le to bellezze, le to cullane d'oru.
Ciurciarella anzucarata,
Quant'è longa sta nutada !
Faï la nina, faï la nana
Allegrezza di mamona !

Cula n'è vogliu
Quassu per sè cullette,
Ci so le cabre
Le muvrè e le cervette
Anassu so li trè cunigli
Corri tu sè tu li pigli
Faï la nina, faï la nana
O spéranza di mamona !

Faï la nana...

Ma petite fille
Sais-tu que je t'adore !
Tu es si belle, avec tes boucles d'or
Petite fille si douce
Comme est longue cette attente !
Faï la nina, faï la nana
Fière joie de tes parents !

Là-haut, j'veux grimper
Tout au long des sentiers
Où il y a les chèvres
Les moutons et les biches
Là-haut sont les trois lapins
Cours, si tu peux les attraper
Faï la nina, faï la nana
Toi l'espoir de ta grand-mère !

SOUM SOUM

Languedoc

Soum, soum, béni, béni, béni
Soum, soum, béni, béni, doun
Lou soum soum boû pas béni
L'enfantou nou boû pas droumi
Soum, soum, béni, béni, béni
Soum, soum, béni, béni, doun

Soum, soum, béni, béni, béni
Soum, soum, béni, béni, doun
Lou soum soum que bienera
Lou maynat que s'adroumira
Soum, soum, béni, béni, béni
Soum, soum, béni, béni, doun

Soum, soum…
Lou soum soum qu'ey arribat
E lou nin que s'ey aninat
Soum, soum…

Sommeil, sommeil, viens, viens, viens
Sommeil, sommeil, viens, viens donc
Le sommeil ne peut venir
L'enfant ne peut pas dormir
Sommeil, sommeil, viens, viens, viens
Sommeil, sommeil, viens, viens donc

Sommeil, sommeil…
Le sommeil arrivera
Et l'enfant s'endormira…

Sommeil, sommeil…
Le sommeil est arrivé
Et l'enfant s'est endormi…

Autour de cet appel : « Sommeil, sommeil, viens, viens donc » existent, dans toute la zone de langue d'oc, de nombreuses variantes de texte et de mélodie.

Faï la nana...

Ma petite fille
Sais-tu que je t'adore !
Tu es si belle, avec tes boucles d'or
Petite fille si douce
Comme est longue cette attente !
Faï la nina, faï la nana
Fière joie de tes parents !

Là-haut, j'veux grimper
Tout au long des sentiers
Où il y a les chèvres
Les moutons et les biches
Là-haut sont les trois lapins
Cours, si tu peux les attraper
Faï la nina, faï la nana
Toi l'espoir de ta grand-mère !

SOUM SOUM

Languedoc

Soum, soum, béni, béni, béni
Soum, soum, béni, béni, doun
Lou soum soum boû pas béni
L'enfantou nou boû pas droumi
Soum, soum, béni, béni, béni
Soum, soum, béni, béni, doun

Soum, soum, béni, béni, béni
Soum, soum, béni, béni, doun
Lou soum soum que bienera
Lou maynat que s'adroumira
Soum, soum, béni, béni, béni
Soum, soum, béni, béni, doun

Soum, soum…
Lou soum soum qu'ey arribat
E lou nin que s'ey aninat
Soum, soum…

Sommeil, sommeil, viens, viens, viens
Sommeil, sommeil, viens, viens donc
Le sommeil ne peut venir
L'enfant ne peut pas dormir
Sommeil, sommeil, viens, viens, viens
Sommeil, sommeil, viens, viens donc

Sommeil, sommeil…
Le sommeil arrivera
Et l'enfant s'endormira…

Sommeil, sommeil…
Le sommeil est arrivé
Et l'enfant s'est endormi…

Autour de cet appel : « Sommeil, sommeil, viens, viens donc » existent, dans toute la zone de langue d'oc, de nombreuses variantes de texte et de mélodie.

Ma petite fille
Sais-tu que je t'adore !
Tu es si belle, avec tes boucles d'or
Petite fille si douce
Comme est longue cette attente !
Faï la nina, faï la nana
Fière joie de tes parents !

Là-haut, j'veux grimper
Tout au long des sentiers
Où il y a les chèvres
Les moutons et les biches
Là-haut sont les trois lapins
Cours, si tu peux les attraper
Faï la nina, faï la nana
Toi l'espoir de ta grand-mère !

DORS MON P'TIT QUINQUIN

Nord

Dors min p'tit Quinquin
Min p'tit pouchin
Min gros rojin
Te m'fras du chagrin
Si te n'dors point j'qu'à d'main

Ainsi l'aut' jour eun' pauv' dintelière
In aminclotant sin p'tit garchon
Qui d'puis tros quarts d'heure n'faijot qu'braire
Tachot d'l'indormir par eun' canchon
Elle li dijot : « Min Narcisse,
D'main t'aras du pain d'épice,
Du chuc à gogo
Si t'es sache et qu'te fais dodo »

Et si tu m' laich' faire eun' bonn' semaine
J'irai dégager tin biau sarrau
Tin patalon d' drap, tin giliet d' laine :
Comme un p'tit milord te s'ras farau !
J' t'acat'rai, l' jour d' la ducasse,
Un Porichinell' cocasse,
Un turlututu
Pour jouer l'air du Capiau-pointu

Nous irons dins l' cour Jeannette-à-Vaques
Vir les marionett's. Comme te riras
Quand t'intindras dire : « Un doup' pou' Jacques ! »
Pa l' porichinell' qui parl' magas !
Te li mettras dins s' menotte,
Au lieu d' doupe, un rond d' carotte !
I' t' dira « Merci ! »
Pins' comm' nous arons du plaisi !

Et si par hasard sin maître s' fâche,
Ch'est alors Narciss' que nous rirons !
Sans n'avoir invi', j' prindrai m'n air mache,
J'li dirai sin nom et ses surnoms.
J'li dirai des fariboles,
I'm'in répondra des drôles,
Infin, un chacun
Verra deux pestac au lieu d'un

Allons, serr' tes yeux, dors, min bonhomme,
J'vas dire eun' prière à P'tit-Jésus
Pour qu'i vienne ichi pendant tin somme
T'fair' rêver qu' j'ai les mains plein's d'écus,
Pour qu'i' t'apporte eun coquille
Avec du chirop qui guille
Tout l' long d' tin minton…
Te t' pourléqu'ras tros heur's de long !

L' mos qui vient, d' Saint-Nicolas ch'est l' fiête :
Pour sûr, au soir, i' viendra t' trouver.
I' t' fra un sermon et t' laich'ra mette
In d'zous du balot un grand painier.
I' l' rimplira, si t'es sache,
D' séquois qui t' rindront bénache,
Sans cha, sin baudet,
T'invoira un grand martinet

Ni les marionnett's ni l' pain d'épice
N'ont produit d'effet, mais l' martinet
A vit' rapajé l' petit Narcisse
Qui craignot d' vir arriver l' baudet.
Il a dit s' canchon-dormoire…
S' mèr' l'a mis dins s'n ocheinnoire,
A r'pris sin coussin
Et répété vingt fos che r'frain :

(refrain)

Plus qu'une berceuse, le P'tit Quinquin est la chanson emblématique de Lille et de tout le Nord. Écrite en 1853 par Alexandre Desrousseaux, chansonnier lillois, elle fut d'abord publiée sous le titre « L' canchon dormoire » mais son succès s'étendit rapidement à la France entière sous son nom actuel. Sa retranscription fidèle du patois lillois lui garde une fraîcheur intacte qui la fait entrer de plein droit dans le répertoire traditionnel.

P'TIT POUCHIN…

SOUM SOUM

Languedoc

Soum, soum, béni, béni, béni
Soum, soum, béni, béni, doun
Lou soum soum boû pas béni
L'enfantou nou boû pas droumi
Soum, soum, béni, béni, béni
Soum, soum, béni, béni, doun

Soum, soum, béni, béni, béni
Soum, soum, béni, béni, doun
Lou soum soum que bienera
Lou maynat que s'adroumira
Soum, soum, béni, béni, béni
Soum, soum, béni, béni, doun

Soum, soum…
Lou soum soum qu'ey arribat
E lou nin que s'ey aninat
Soum, soum…

Sommeil, sommeil, viens, viens, viens
Sommeil, sommeil, viens, viens donc
Le sommeil ne peut venir
L'enfant ne peut pas dormir
Sommeil, sommeil, viens, viens, viens
Sommeil, sommeil, viens, viens donc

Sommeil, sommeil…
Le sommeil arrivera
Et l'enfant s'endormira…

Sommeil, sommeil…
Le sommeil est arrivé
Et l'enfant s'est endormi…

Autour de cet appel : « Sommeil, sommeil, viens, viens donc » existent, dans toute la zone de langue d'oc, de nombreuses variantes de texte et de mélodie.

L'était une poule jaune
Qu'allait pondre dans le chaume...

L'était une poule beige
Qu'allait pondre dans la neige...

L'était une poule noire
Qu'allait pondre dans l'armoire...

Maman
Papa

FAIS DODO, COLAS MON P'TIT FRÈRE

Île-de-France et Ouest

Fais dodo, Colas mon p'tit frère
Fais dodo, t'auras du lolo

Maman est en haut qui fait du gâteau
Papa est en bas qui fait du chocolat

Fais dodo, Colas mon p'tit frère
Fais dodo, t'auras du lolo

Cette berceuse est l'une des plus anciennes et plus répandues dans toute la France.
Selon les régions, les occupations des parents varient, parfois le papa coupe du bois ou fait du nougat, la maman fait du caillé… mais la mélodie qui date sans doute du XVIIIe siècle n'a guère changé.

DODO, TI PITIT' MAMAN

Antilles

Dodo, ti pitit' maman
Dodo, ti pitit' maman
Si ou pas dodo crab'la va manger
Si ou pas dodo crab'la va manger
Dodo pitit, crab lanca la lou
Dodo pitit, crab lanca la lou

Le « crabe lanca lalou » est un plat très apprécié aux Antilles. De même qu'on retrouve en France métropolitaine des expressions comme « mon sucre d'orge », le bébé est ici comparé à une gourmandise. On retrouve là encore un mélange de menace (si tu ne dors pas, le crabe va te manger) et d'apaisement (le crabe cuisiné qui ne fait plus peur).

PASSE LA DORMETTE

Saintonge

Passe la Dormette
Passe vers chez nous
Pour endormir Ninette
Jusqu'au point du jour

Dans l'Ouest, la Dormette (ou l'Endormette) est une femme bienveillante qui apporte le sommeil. Elle fait partie de ces personnages imaginaires qu'on retrouve sous différentes formes : « Pitchot Ome » (Petit Homme) dans le Languedoc, « Petit Bonhomme Dormi » en Bretagne, « Grand-mère à poussière » en Picardie et le plus répandu : « Le Marchand de sable »...

DORS PETIT

Gascogne

Dors, petit, dors bien
Dors, petit, jusqu'à demain
Le papa laboure
La maman conduit
Le grand frère regarde
La grande sœur danse

Au pont du Tala
Soupe de pain blanc
Ce soir on te fera
Soum, soum, béne, béne, béne
Soum, soum, béne, béne doun

On retrouve ici le refrain déjà vu, enrichi de détails sur la vie quotidienne et familiale.

LE PETIT GRAIN D'OR

Bretagne, pays nantais

À Paris il y a un petit grain d'or (bis)
Un petit grain d'or
Et l'enfant s'endort
Jusqu'au tout grand jour
Dors mon cher amour

À Paris il y a deux petits grains d'or (bis)
Deux petits grains d'or
Et l'enfant s'endort
Jusqu'au tout grand jour
Dors mon cher amour

À Paris il y a trois petits grains d'or...

(etc. jusqu'à sept)

DODO BÉLINE

Centre de la France

Dans le Centre, le Berry, une « berline » ou « béline » est une personne un peu simple d'esprit qui écarquille les yeux devant on ne sait quoi (sens qui nous reste dans l'expression « avoir la berlue »).

Dodo Béline
Sainte Catherine
Endormez les p'tits enfants
Jusqu'à l'âge de quinze ans
Quand quinze ans seront passés
Il s'ra temps d'les marier

Dodo Néné

Dans le Sud de la France, l'onomatopée dodo est souvent remplacée par néné ou nono. Ainsi, dans le Dauphiné, on chante plutôt :

Néné petite
Sainte Marguerite
Endormez-moi mon enfant
Jusqu'à l'âge de quinze ans
Quand quinze ans seront passés
Il faudra la marier
Avec un garçon sage
Qu'ils fassent bon ménage
Dans une chambrette
Pleine de noisettes
Un marteau pour les casser
Du pain blanc pour les manger

Sainte Catherine, protectrice de la virginité des jeunes filles, et Sainte Marguerite, qui protège les femmes en couches, étaient les plus fréquemment sollicitées par les mères.

SE CANTO

SE CANTO

Pyrénées

Debat ma fenestro
At oun auselou,
Touto la ney canto
Canto sa cansou

Se canto que canto
Canto pas'per you
Canto per ma mio
Qu'ès alen de you

Aqueros mountagnos
Que tan hautes soun
M'empéchoun de beyre
Mas amours oun soun

Bassas-bous, mountagnos
Planos, aoussas-bous
Per que posqui beyre
Mas amours oun soun

Aqueros mountagnos
Tant s'abacheran
Et mas amourettos
Se rapproucharan

Devant ma fenêtre
Il y a un oiseau
Toute la nuit il chante
Il chante sa chanson

Qu'il chante, qu'il rechante
Il ne chante pas pour moi
Il chante pour ma mie
Qui est loin de moi

Ces montagnes, ces montagnes
Qui sont si hautes
M'empêchent de voir
Où sont mes amours

Baissez-vous montagnes
Plaines, haussez-vous
Pour que je puisse voir
Où sont mes amours

Ces montagnes, ces montagnes
Plus elles s'abaisseront,
Plus mes amourettes
Se rapprocheront

Bien qu'elle ne soit pas à proprement parler une berceuse, cette chanson si célèbre dans le Sud-Ouest a bercé tant d'enfants que nous ne pouvions pas l'oublier.

DORS, DORS, PETIT GARÇON

Alsace

Il s'agit ici de la version alsacienne de cette berceuse très populaire dont on trouve de nombreuses autres adaptations, en français et en allemand.

Dors, dors, petit garçon
Les moutons sont dans le pré
Les agneaux à la maison
Dors petit ange adoré
Dors, dors, petit garçon

Dors, dors, petit enfant
Papa garde les moutons
Et maman secoue les arbres
Il en tombe un petit rêve
Dors, dors, petit enfant

Dors, dors, petit enfant
Les moutons sont dans le ciel
Les agneaux sont les étoiles
Et la lune est la bergère
Dors, dors, petit enfant

Dors, dors, petit enfant
Ne crie pas comme un mouton
Sans cela viendra le chien
Qui voudra mordre l'enfant
Dors, dors, petit enfant

Dors, dors, petit enfant
Va-t-en garder les moutons
Va-t-en donc, petit chien noir
N'éveille pas mon enfant
Dors, dors, petit enfant

Schlof, schlof, Biewele, schlof
Uff de Matte weide d'Schoof,
Hinterm Hüss die Lämmele
Schlof dü goldig's Ängele
Schlof, schlof, Biewele, schlof

Schlof, schlof, Kindele, schlof
Din Vatter hiet die Schoof
Din Müeder schiddelt's Bäumele
Doo fallt erab e Träumele
Schlof, schlof, Kindele, schlof

Schlof, schlof, Kindele, schlof
Am Himmel gehn die Schoof
Die Stärnle sinn die Lämmele
Der Mond, der Isch des Schäferle
Schlof, schlof, Kindele, schlof

Schlof, schlof, Kindele, schlof
Un briehl nitt wie e Schoof
Sunscht kummt des Schäfers Hindele
Un bisst min beeses Kindele
Schlof, schlof, Kindele, schlof

Schlof, schlof, Kindele, schlof
Geh furt, un hiet die Schoof
Geh furt, dü schwarzes Hindele
Un weck mer nitt min Kindele
Schlof, schlof, Kindele, schlof

LA POULE GRISE

Poitou et Ouest de la France

L'était une poule grise
Qu'allait pondre dans l'église
Pondait un p'tit coco
Que l'enfant mangeait tout chaud

L'était une poule blanche
Qu'allait pondre dans la grange…